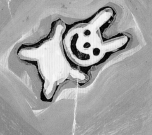

Cuarta edición: mayo 2008

Título original: "Karel op de wc"
Publicado por primera vez en Bélgica por Clavis, Amsterdam-Hasselt, 2003
Traducción: P. Rozarena
© Editorial Clavis, Amsterdam-Hasselt, 2003
© De esta edición: Editorial Luis Vives, 2003
Carretera de Madrid, km 315,700 50012 Zaragoza
Reservados todos los derechos
ISBN: 978-84-263-5124-1

NACHO
YA NO USA EL ORINAL

Liesbet Slegers

 EDELVIVES

YO SOY NACHO.
ESTOY JUGANDO
EN MI CUARTO.
"¡PÍÍÍ, PÍÍÍ...!",
HACE MI TREN.

¡AY! ¡TENGO
QUE HACER PIS!
Y ALGO MÁS...
—¡MAMÁ, MAMÁ!

VOY POR MI ORINAL
DEL ELEFANTE.
HACE MUCHO QUE
NO ME HAGO PIS
EN LOS PANTALONES.

—NACHO, YA ERES
UN NIÑO GRANDE
Y PUEDES SENTARTE
EN EL RETRETE
—DICE MAMÁ.

¡QUÉ AGUJERO
TAN GRANDE!
¡Y TAN ALTO!
MIS PIES NO LLEGAN
AL SUELO.

AHORA MI OSO
PUEDE HACER PIS
EN EL ORINAL.
¡QUÉ DIVERTIDO!

—¡MAMÁ, MAMÁ, HE TERMINADO! VENGA, BÁJAME DE AQUÍ. ¡CORRE!

MAMÁ ME LIMPIA
CON EL PAPEL.
—¡MUY BIEN, NACHO!
—DICE CONTENTA.

¡AJ, QUÉ MAL HUELE!
MAMÁ ME AÚPA
Y YO APRIETO EL
BOTÓN DEL AGUA.

"¡FLUSSS...!"
CORRE TANTA AGUA
POR EL RETRETE
QUE PARECE QUE
SE VA A SALIR.

EL AGUA SE LO
HA LLEVADO TODO.
YA PUEDO CERRAR
LA TAPA.

¡ADIÓS, ORINAL!
¡ADIÓS, PIS!
¡ADIÓS, CACA!
¡YA SOY MAYOR
Y USO EL RETRETE!